童诗经典

月亮的歌谣

〔日〕金子美铃 / 著
吴菲 / 译

浙江少年儿童出版社·杭州

童心四季

- 2 小剧场
- 4 庙会的大鼓
- 5 邻村的庙会
- 7 碎石块
- 8 小屋的时钟
- 10 葬礼的日子
- 11 桑葚
- 12 牵牛花蔓
- 14 渔夫叔叔
- 16 黑麦穗
- 17 豉虫
- 18 时钟的脸
- 19 光脚丫
- 20 午休时间
- 21 声音
- 22 捉迷藏
- 24 好事情
- 25 桃子
- 26 大象的鼻子
- 28 擦玻璃
- 30 橙园
- 31 破帽子
- 32 推车
- 34 星期天下午
- 35 不认识的阿姨

金子美铃 童诗经典
~目 录~

| 52 第一场霰雪 | 51 识字卡片 | 50 歌谣 | 48 秋日晴 | 47 十三夜 | 46 送花的差使 | 45 石榴 | 44 朝圣 | 42 蟋蟀 | 40 月亮的歌谣 | 39 傍晚 | 38 煤油灯 | 36 栗子 |

| 72 单腿蹦 | 70 竹蜻蜓 | 69 秋千 | 67 车辙与孩子 | 66 朝圣者与花 | 65 撒传单的汽车 | 64 云的颜色 | 63 吵架之后 | 61 元旦 | 59 报恩法会 | 57 阿婆和净琉璃 | 56 落叶 | 54 山岭 |

74	纸气球
	四季怀想
76	过节的时候
78	月初一
80	节日过后
81	大海的孩子
82	白天的花火
84	城里的马
85	庙会翌日
86	燕子妈妈
88	七夕的竹枝
91	马戏棚
92	广阔天空
94	电影里的街道
95	海滨的神轿
96	七夕时节
98	空宅院的石头
99	越夏节
100	夏夜
102	下雨的五谷节
103	库房
105	酢浆草
106	石榴叶和蚂蚁
108	波桥立
110	大泊港
111	喷泉的石龟

- 112 初秋
- 114 小小的墓碑
- 116 老鹰
- 117 知更鸟的都市
- 118 果实和孩子
- 120 陀螺果
- 121 风球
- 122 山里的枇杷
- 123 文字烧
- 124 落叶卡片
- 126 祖母的病
- 127 卡片
- 128 细雪
- 129 出航船归港船
- 130 白天的电灯
- 132 店里发生的事
- 134 捕鲸
- 136 冬天的星
- 137 拾木屑
- 138 邮局的山茶花
- 140 除夕和元旦
- 142 织布
- 143 乡村
- 145 和尚
- 146 海的颜色
- 148 大提篮
- 150 街镇
- 151 广告塔
- 152 小男孩和小女孩
- 154 小松原
- 156 酸模草
- 157 卷末手记

小剧场

用草席搭建的
小剧场,
戏在昨天
演完了。

曾插彩旗的
空地上,
小牛在那儿
吃草呢。

用草席搭建的
小剧场,
夕阳沉入
大海里。

草棚剧场的
屋顶上,
海鸥被夕阳
染红了。

庙会的大鼓

绿色嫩叶。
嫩叶下面,
穿上红色小木屐,
咔嗒、咔嗒、咔嗒咔。

蔚蓝天空。
在天空中,
你听,大鼓敲响,
咚隆、咚隆、咚隆咚。

白色大道。
赛跑的马,
披着节日盛装,
嘚嗵、嘚嗵、嘚嗵嘚。

邻村的庙会

隔着篱笆往外看,
各种颜色从眼前经过。

大家都朝东边去了,
影子也一个个跟去了,
白色尘埃也飘去了。

往西边去的,只有一架
空荡荡的破旧马车。

一动不动的,只有做树篱的
白木槿和我。

庙会什么的,真没意思,
我才不想去呢。
可今天天气太好了。

闭上眼就听到脚步声
全都朝东边去了。

碎石块

在石材店砸碎的
碎石块,
飞落在大道上的
水洼里。

放学回家的孩子
走在路左边,
你光着脚,
可要小心哦。

碎石块被砸碎了,
它正生气呢。

小屋的时钟

太阳,升到天顶啦,
懒惰的时钟迟到了,
稍稍地,跟上太阳的脚步吧。

乡间小屋的时钟啊,
整天伸懒腰又打瞌睡。

葬礼的日子

每当看见别人家
装点着鲜花和彩旗的葬礼,
直到最近我都很羡慕,
心想如果我家也有就好了。

可是今天好无聊,
虽然有很多很多人,
可是谁都不搭理我。
从大城市来的姨母
默默含着眼泪。
虽然谁也没有责骂我,
却不知为什么很害怕。
当我悄悄躲在店里,
长长的队列像奔涌的白云
从家里走出去了。

然后,越发地冷清了,
今天真的是,太冷清了。

桑 葚

吃着
绿绿的桑叶,

蚕宝宝
变白了。

吃着
红红的桑葚,

我被太阳
晒黑了。

牵牛花蔓

篱笆太低啦,
牵牛花
正在寻找
攀缘的方向。

朝东往西
看来看去,
找累了,
停下来思考。

尽管这样
恋着太阳,
今天又长了
一寸长。

快长吧,牵牛花,
一直长,

仓房的屋檐
已经很近了。

渔夫叔叔

渔夫叔叔,请让我
搭乘你的船吧。

你看你看,远远望见那边,
美丽的云朵一团团,
从海里涌出。
请陪我去一趟吧。

我把唯一的
洋娃娃送给你吧。
还有,金鱼也送给你吧。

渔夫叔叔,请让我
搭乘你的船吧。

黑麦穗

拨开金色的麦浪,
把黑麦穗拔掉吧。

黑麦穗不拔掉的话,
就会传给其他麦穗。

沿着小路去海边,
把黑麦穗烧掉吧。

没能长成麦子的黑麦穗啊,
你变成青烟高高飞上天吧。

豉 虫

转一圈水波,消失一圈。
转出三圈,却都消失了。

如果在水上画出七个圈,
魔法就会变成水泡消失。

被水池的主人囚禁,
现在的身形,是豉虫。

日复一日,碧蓝水面上
倒映着不曾消散的云彩。

一圈、两圈泛起水波,
又一圈圈地消失了。

时钟的脸

行商人身穿蝙蝠褂,
拖着短短的影子离去,
在午间白色耀眼的路上。

忽然回头一看是谁呀,
动也不动地望着?
一张白色脸。

闭上眼睛再睁开,
仔细一看,
是时钟的脸。

一个人看家,好孤单啊,
动也不动地盯着看,
那只是时钟的脸。

光脚丫

泥土黑黝黝、湿漉漉的,
光着的脚丫好干净啊。

不认识的小姐姐,
帮我把木屐绊儿系好了。

午休时间

"玩跳房子吧,大家快来呀。"
"玩捉迷藏吧,大家快来呀。"

那一组,不让我加入,
那一组,是那个孩子当头儿。

我假装不在意,在阴凉处,
往地上画着火车。

那一组,已经分组开始玩,
那一边,正在选人当老瞎。

总有点,畏畏缩缩的,
可是当大家开始了玩耍,

在喧闹声里,我听见了
后山的蝉鸣。

声 音

天空明亮的
日暮时分，
远处总是
传来声音。

似乎是在
玩什么游戏，
或者是
海浪的声音。
但还是更像
孩子们的声音。

饥肠辘辘的
日暮时分，
远处总是
传来声音。

捉迷藏

捉迷藏,藏好啦。
太郎、次郎,都藏好啦。
后门外,只剩下"老瞎"孤零零。
(向日葵转了大约半寸啦。)
藏好的孩子,都在做啥呢?

一个在后门外的柿树上,
正摘着绿绿的柿子。
一个在傍晚的厨房里,
望着锅里冒热气。

那么"老瞎"呢,他在做啥呢?

他追着喇叭声跑出去,
跟着马车走远了。

后门外站着的只有泡桐树
那静静的、修长的影子。

好事情

破旧的土墙
坍塌了,
墓碑的顶端
刚好能看见。

在道路右边
山背后,
从那里海面
刚好能看见。

有时候,
做了好事情,
每当经过那里,
我好高兴啊。

桃 子

一、二——三,
跳起来抓住。

又是晃来又是摇,
桃树的枝条。

枝条虽然垂下来,
左右两手都腾不开。

一、二——三,
跳落到地上。

啪地弹回去,
桃树的枝条。

那桃子,那桃子,真高啊!
那桃子,那桃子,真大啊!

大象的鼻子

软蓬蓬,软蓬蓬,
山顶上,
一头巨大的白象。

软蓬蓬,软蓬蓬,
天空中,
大象的鼻子长长了。
——水蓝色的天空中,
　　丢失的象牙,
　　白白的细细的。

软蓬蓬,软蓬蓬,
那鼻子,
长啊长啊依然遥远。

就那样,
够也够不着,

天色昏暗了，
——寂静的天空中，
够不着的象牙
更加地白了。

擦玻璃

爬上窗台擦玻璃。

擦呀擦呀看一看,教室里
小草长在了桌子上,

有人光着脚在拔草。

草地上方黑板上，
有人正在涂墨汁。

刚刚涂黑的黑板上，
映着盛开的山樱花。

河堤对面的小保姆，
正张望着樱花经过。

她不知影子映在这儿，
也不知我正看着她。

橙　园

听说，橙园里的橙树
都被砍了，连树根也被挖掉，
变成一块普通的田地。

虽然不知用来种什么，
种茄子也不能搭秋千，
　　（要是瓢虫的话倒也可以）
种豆子怎么能爬树呢？
　　（如果是杰克的豆①就难说了）

橙园里的橙树，
果实还没成熟就被砍掉了。
我玩耍的地方又少了一处啊。

---

① 杰克的豆：指英国童话《杰克与魔豆》里那棵长成树的豆子。

破帽子

小皮球转呀转,
从手里转着转着滑落了,
被要饭的孩子捡走了。

想要小皮球,心里又害怕,
紧盯着他看,他才扔给我,

是走,还是回,转身朝那边,
把草帽用力戴头上,
唰的一声,坏掉啦,帽子坏掉啦,
帽檐儿唰的一声,套在脖子上。

他一转身,啊哈哈哈笑起来。
我也没忍住,啊哈哈哈笑起来。

戴着破帽子,走过的路上,
成千上万的蜻蜓飞舞着。

推 车

来推车,
用力推,
嗨哟嗨哟,好重啊。
上坡路,
汗水滴答落,
渗进泥土里。

来推车,
用力推,
哎呀哎呀,真快啊。
下坡路,
满地小石头,
压成条纹路。

来推车,
用力推,
忙着看脚下,

一路看过去，
发现鲜红的
蔷薇花一朵。

星期天下午

这手掌里
绿色和白色的
十二竹①。

一起玩竹子的小美,
被叫去跑腿了。

从一早到现在,想着这事,
没复习功课的星期天,
下午三点多,玩累了。

晴朗的天空中
只有澡堂的烟囱,
白昼的月亮。

---

① 十二竹:一种玩具,以十二条竹片为一组。玩时将之抛起再接住,落在手中时,根据竹片绿色一面朝上还是白色一面朝上的数量来判定胜负。

不认识的阿姨

隔着杉树篱笆,
我独自向外偷看,
有个不认识的阿姨
经过了篱笆外。

我叫了声"阿姨",
她好像认识我似的笑了,
我露出笑脸,
她笑得越发开心了。

不认识的阿姨,
是个很好的阿姨呢,
开花的石榴树,
挡住了她的身影。

栗　子

栗子，栗子，
啥时候落？

我好想要
摘一个，
还没落下
就摘掉，
栗树妈妈
会发怒吧？

栗子，栗子
快快落。
我乖乖地
等着呢。

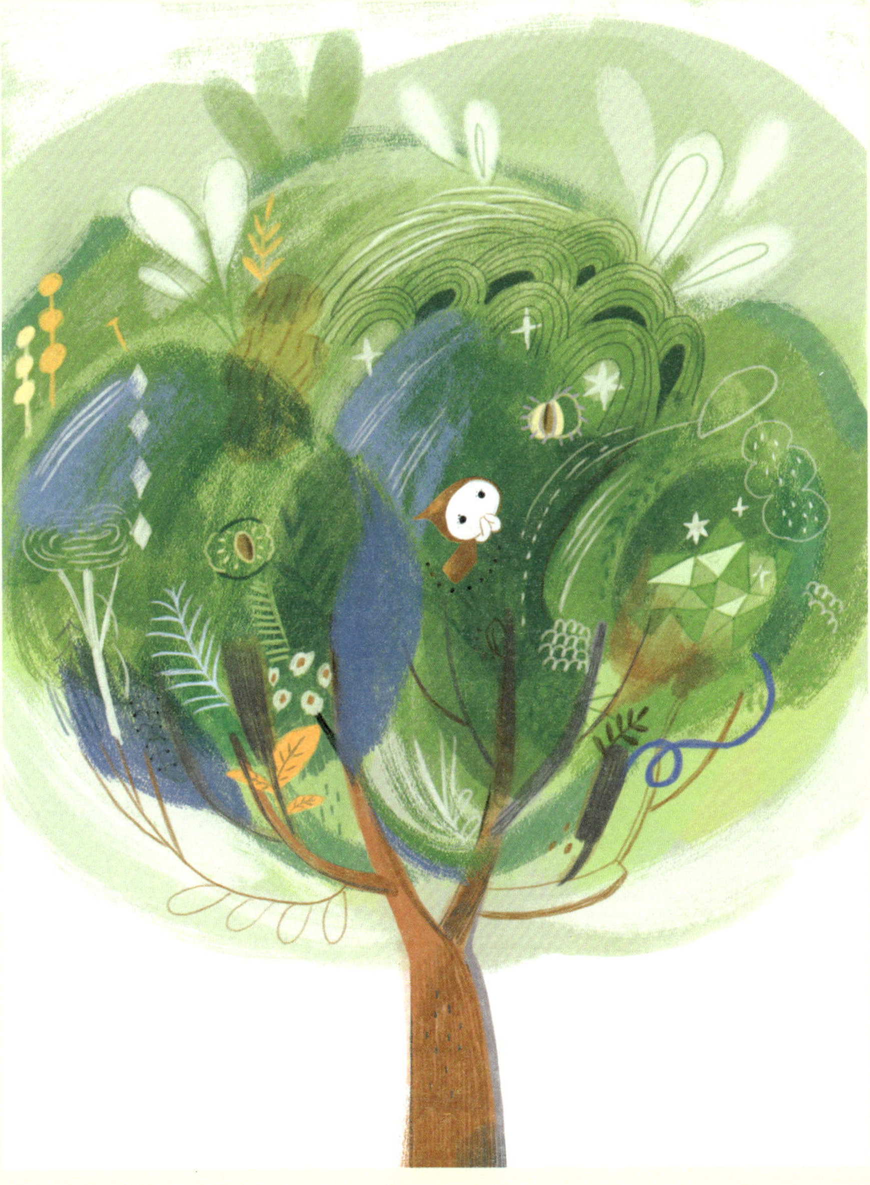

煤油灯

来看看
乡村的庙会,
短暂的秋日
天已黄昏。

神轿的欢声
远去时,
昏暗的煤油灯
多么寂寥……

凝望着灯光,
不知是在哪里,
轻悄悄地,
虫儿低鸣。

傍　晚

哥哥
吹起了
口哨。

我呢
正咬着
衣袖。

哥哥
立刻停止了
口哨。

门外
夜晚悄悄地
来临。

月亮的歌谣

"月儿月儿,几时圆?"
"月儿月儿,几时圆?"
　　阿婆教我唱这歌谣,
　　　也是这样月亮初升的傍晚。

"十三夜,傍晚时。"
"十三夜,傍晚时。"
　　现在,由我教给弟弟唱,
　　　也是在后门外牵起他的小手。

"月龄月龄,还小呢。"
"月龄月龄,还小呢。"
　　近来,我不再唱这歌谣,
　　　即使看着月亮,也已经忘记。

"月儿月儿,几时圆?"
"月儿月儿,几时圆?"
　　再也见不到的阿婆,
　　　会牵我的手,让我想起吧。

蟋　蟀

蟋蟀的
一条腿
断了。

我把追捕它的
小猫球球
训了一顿。

可是秋天的阳光，
却若无其事
白晃晃地照着。

蟋蟀它
断了
一条腿。

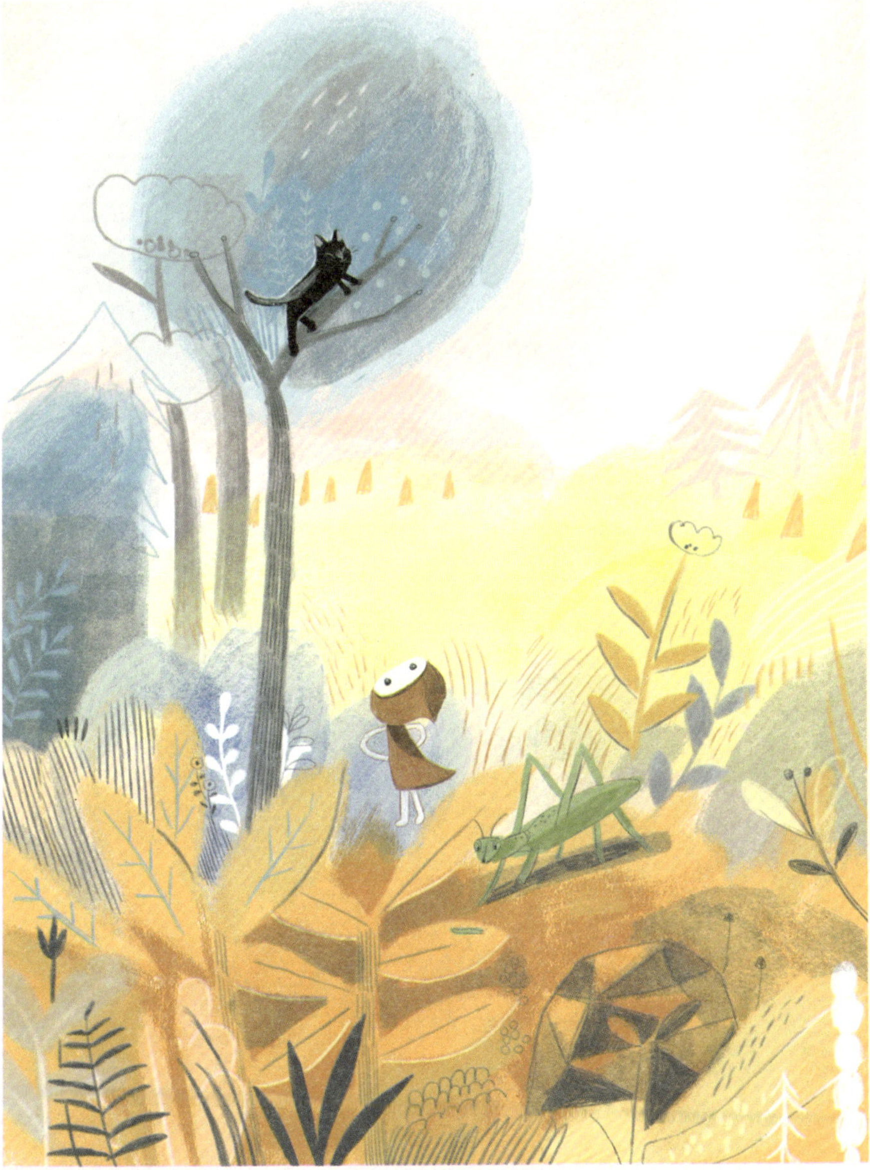

朝　圣

油菜花开的时候，
在海边大道上遇见的
那个朝圣的孩子为什么没来？

是因为我做了错事吗？
那一次，我其实带了钱，
足够向他买三个纸人偶。

我没有买他的纸人偶，
每当想起，我就盼着他来。

晴朗秋日的大道上，
只有大蜻蜓的影子。

石 榴

树下孩子说:
"石榴啊,
等你长熟了
就给我吃吧。"

树上乌鸦说:
"小傻瓜,
我会抢先
吃掉的呀。"

红红的石榴
没说话,
只管向下
向下低垂。

送花的差使

白菊花,黄菊花,
雪一样的白菊花,
月亮似的黄菊花。

不论谁,都看着呢,
看着我,也看着花。
　　(菊花,好美啊,
　　我拿着菊花,
　　所以,我也好美啊。)

阿姨家虽然远,
晴朗的秋天,真好啊。
送花的差使,真好啊。

十三夜

今早的
那场过路雨,
雨里夹着雪粒。

从昨天
突然吹起冷风,
妈妈把纸拉门糊好了。

而此刻
云彩也看不见,
冷冷清清的十三夜①。

这片草丛里
鸣叫的虫儿,
突然变稀少了。

---

① 十三夜:指农历九月十三的月夜。据说这天晚上的月亮明澈美丽,仅次于中秋明月。

秋日晴

好天气,好天气,
河边树梢上,
伯劳高声啼。

晒干了,晒干了,
秋收稻田里,
朴架①晾稻束。

一辆辆,一辆辆,
对面大道上,
车辆运稻谷。

好天气,好天气,
幽幽蓝天里,
伯劳连声啼。

---

① 朴架:秋收后的稻田里搭的木架,用朴树枝条等搭成。用来晾干打谷之前的稻束。

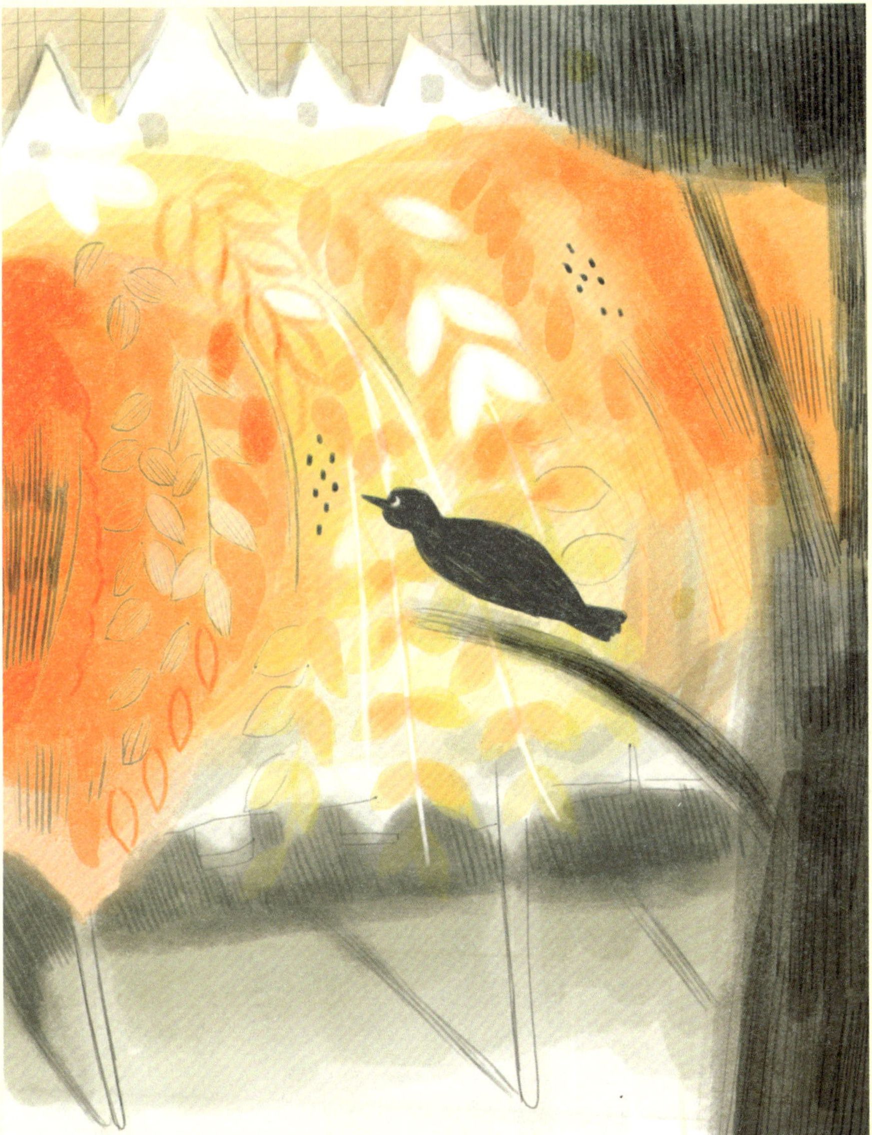

歌　谣

感冒好了，
来到大门外，
大家都穿上了坎肩儿。

耳边传来
大家唱的歌谣：
"嘿呀，嘿呀，到处玩儿。"

一边听着
陌生的歌谣，
一边揣着两手看山，
山上树叶红了。

识字卡片

忽然听见
一个孩子的声音：
"花儿比不过米团①，是花字哦。"

下着小雨，毛毛雨，
在我去迎接哥哥的路上。

回头望去，那里窗户紧闭，
仍有灯光漏出来。

"听好了，下一个是……"
我迈开脚步，
前方远处，
一片昏暗。

---

① 花儿比不过米团：日本谚语。意为比起美丽的樱花，更吸引人的其实是赏花时吃的糯米团。比喻人们追求实惠的心理。诗中指识字卡片上的句子。

第一场霰雪

霰雪①
霰雪
接在手里,
忽然想起
女儿节的
春夜里。

熟悉的邻家偶人,
这样的晚上,
在昏暗的仓库角落
各自的木盒里,
正倾听,啪啦、啪啦,
断断续续
霰雪敲打水管的声音呢。

---

①霰雪:细碎的雪粒子。也叫软雹。

霰雪

霰雪

第一场霰雪。

金子美铃 童诗经典

山 岭

晚风
沙啦啦
拂过高粱地。

一轮
白月亮
从岭上越过。

岭上
慢腾腾
疲惫的马儿。

上坡

又上坡

净是高粱地。

落 叶

后门外落叶满地,
趁着还没人知道,
悄悄地去打扫吧。

想到要一个人去,
不由得独自开心。

轻轻扫了一扫帚,
乐队来到大门外。

心想待会儿再说,
一路紧追到街角。

然后,回来一看,
有人,已经打扫干净了,
落叶,一片不剩扔掉了。

阿婆和净琉璃

阿婆总是,一边做针线,
一边说故事给我听。
阿鹤、千松、中将姬①……
尽是些悲伤的故事。

阿婆有时,一边说故事,
也会唱净琉璃②给我听。
每当想起就很伤心,
那是些哀伤的曲调。

也许是想到了中将姬,
她的故事似乎全都
发生在雪夜里一般。

---

① 中将姬:传说中出身贵族,后在奈良当麻寺出家为尼的悲剧人物。
② 净琉璃:一种传统说唱曲艺。通常用三味线伴奏。

那已是遥远的过去,
歌词早就忘了。

只留下,伤感的余韵,
啊,冰凉如水,
哀伤寂静地渗入心底。

连同那沙沙、沙沙
飘雪的声音……

报恩法会①

飘雪季节"做法会"的晚上,
不下雪天色也昏暗的晚上。

走过昏暗夜路来到寺庙,
在很大很大的蜡烛
和很大很大的火盆边,
亮堂堂,好温暖。

大人们静静交谈,
小孩吵闹就会挨骂。

不过,这么亮堂又热闹,
好伙伴们挤在一起,
怎么可能不吵不闹?

---

① 报恩法会:为纪念开创净土真宗的亲鸾上人而举行的佛教法会。

等到夜深回到家，
依然兴奋得睡不着。

"做法会"的晚上即使半夜里，
还能听到木屐咔嗒的声响。

元　旦

多想跟大家玩双六①啊，
要等大家把事情做完。
等待的时候好寂寞啊。
　　从遥远的山野
　　传来男孩们的声音。

关上大门，竖起屏风，
黑乎乎的家里，
像大山一样好寂寞啊。
　　冰冷的大门外咔嗒咔嗒，
　　高齿木屐冷清的声响传来。

---

① 双六：即双陆。一种类似于升官图的棋类游戏。起源于印度，经中国传到日本，曾用于赌博，后来成为孩子们在节假日的娱乐游戏。

昨夜守岁守得倦了,
今早蹦蹦跳跳穿上新衣,
可是正月里多么寂寞啊。
　姐姐去了学校,
　　妈妈的正事还没做完。

吵架之后

只剩我一个人,
只剩我一个人。
席子上的我好孤单啊。

我怎么知道,
是那孩子先动手的呀。
可是,可是,我好孤单啊。

洋娃娃
也孤零零的。
抱着洋娃娃,我依然孤单啊。

杏花
纷纷扬扬落下,
席子上好孤单啊。

云的颜色

晚霞
消失后，
云的颜色。

吵了架
回来，
孤单一个人，

看着天空，
忽然
哭起来。

撒传单的汽车

撒传单的汽车开过来,
载着咚咚锵锵的乐队来。

快捡传单吧,红传单,
多多地捡吧,黄传单。

撒传单的汽车开过来。
撒传单的汽车,跟着去吧。

离开小镇,撒下的传单
散落原野,变成紫云英,
落在地里,变成油菜花。

这是春天的车啊,跟着去吧。

朝圣者与花

朝圣者走过,
朝圣者走过。

朝圣的孩子不走了。

就在春日的
花店前。

朝圣者走过,
朝圣者走过。

朝圣的孩子望着
他不知道名字的西洋花。

他屏住呼吸,
连歌儿也不唱了。

车辙与孩子

车辙轧过去了,
像轧石头那样。
轧过紫花地丁的花儿,

在乡间的路上。

孩子捡起来了，
像摘花朵那样，
捡起小小的石子，
在城市的街上。

秋 千

在电线杆的铁条上，
电工攀爬的铁条上。
　　我搭了秋千。

因为，这里没有树，
家里太窄会挨骂。
　　于是我搭了秋千。

摇一摇撞上了，
撞上了电线杆。
　　于是我解下了秋千。

把绳子好好地卷在手上，
我撒腿就跑。
　　跑向，可以跳绳的后街。

竹蜻蜓

咯吱,咯吱,竹蜻蜓,
飞吧,飞吧,竹蜻蜓。

比二楼屋顶更高,
比大杉树更高,
比桂木山①更高。

我削的竹蜻蜓,
替我飞上天吧。

咯吱,咯吱,竹蜻蜓,
飞吧,飞吧,竹蜻蜓。

---

① 桂木山:从仙崎能看到的最高峰,海拔702米,位于山口县西北部的长门山地。

比山上的云烟更高，
比云雀的歌声更高，
穿破灰蒙蒙的天空。

不过你一定要记得，
回到这小路上来啊。

单腿蹦

蹦呀,蹦呀,单腿蹦。

断了的草鞋提手里,
麦田里一路单腿蹦。

跳起时看见了远处河滩,
看见那边田埂上豆子花儿。
麦田仿佛也跟着我跳呢。

路边上开着紫云英,
菜籽也落地开了花。

右边摘花,左边摘花,
断掉的一只鞋碍手碍脚。

断掉的草鞋谁要它。
呼啦扔出去,单腿蹦。

蹦呀,蹦呀,单腿蹦。

纸气球

数到一,拍拍手,
纸气球高高飞上天。

丝绸云,羽毛云,
柳条似的枝条云。

"嗞儿,嗞儿,竹子山"①
歌谣里猴儿的竹子山,
拍拍小手过春天,
大家一起开心玩。

一个人玩儿也是晴天,
一个人玩儿也是春天。

---

① 念"嗞儿,嗞儿,竹子山,猴儿一只拍拍手",拍手一次,念"嗞儿,嗞儿,竹子山,猴儿两只拍拍手",拍手两次。

四季怀想

过节的时候

彩车的棚子搭好了,
海边的冰店也开张了。

后门外的桃子红了,
莲池里青蛙也乐呵呵的。

考试在昨天结束了,
薄薄的丝带也买好了。

只等着节日来到,
只等着节日来到。

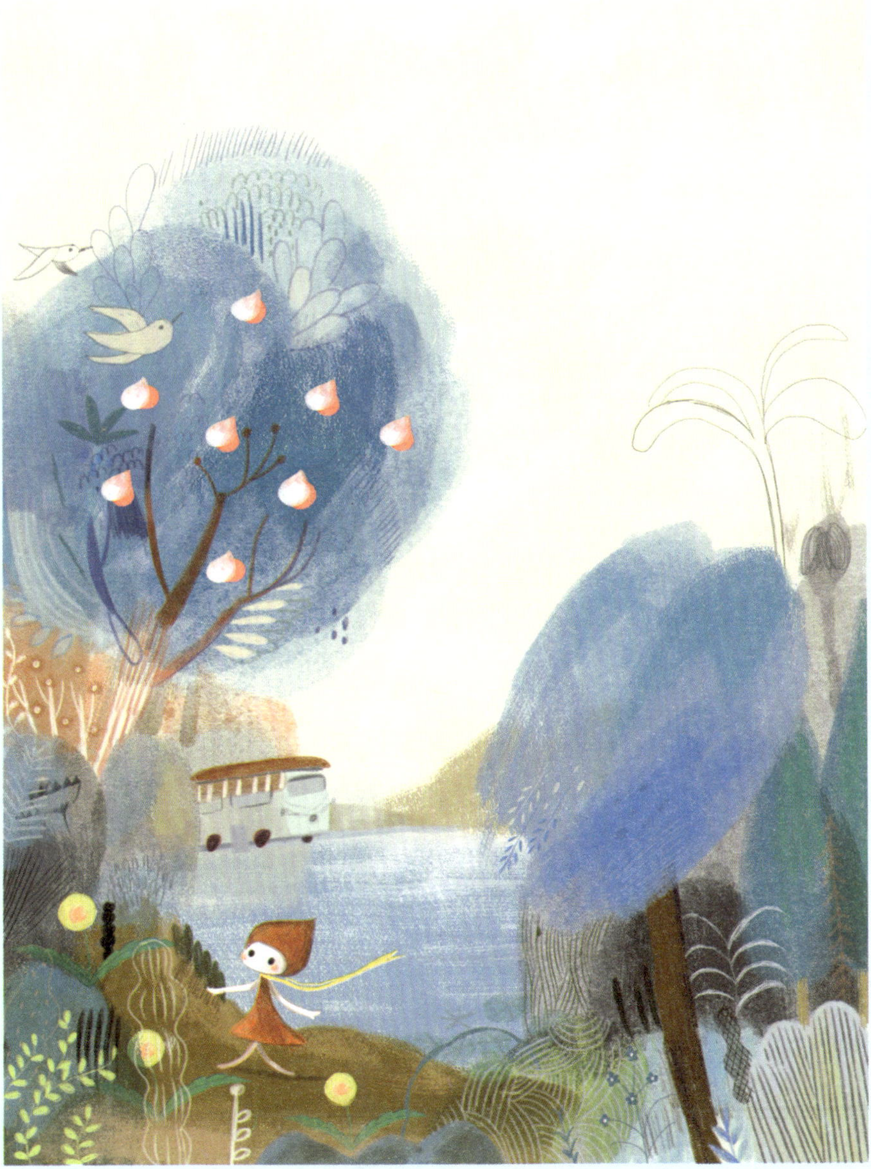

月初一

月初一①，月初一，
早晨天空多美丽，
今天开始我换夏衣。

月初一，月初一，
巡警叔叔也换了白制服，
黑色袖章好醒目。

月初一，月初一，
晚上和尚来念经，
念完还会发点心。

---

① 月初一：这里指夏季更衣日。人们在这天将冬装换成夏装。源自古时旧历四月初一开始着夏装的习俗。近代以后统一改为六月初一，并沿袭至今。

月初一,月初一,
多么晴朗的好天气,
今天起城里就是夏天了吧。

节日过后

节日过后的
笛子声、
钲鼓和大鼓声
远去之后,

总觉得那寂寞的
笛子声,
在深蓝夜空
回响。

深蓝夜空中,
银河
这些日子
越发明亮了。

大海的孩子

大海的孩子找到啦!
在巨大的岩石上面。
海螺的孩子找到啦!
在大海的孩子中间。

大海的孩子好可爱啊,
海螺的孩子也好可爱啊!

白天的花火

买来线香花火①
那天
实在等不及
夜晚来临,
我躲在仓房后
点燃了花火。

花火
仿佛芒草、落叶松，
噼啪闪耀着
燃尽了。

可是我
觉得好寂寞。

---

① 线香花火：一种可以拿在手中点燃的小型烟花。也叫纸捻烟花。

城里的马

山里的马
在酒铺拐角,
城里的马
在鱼店前边。

山里的马
匆匆赶回去,
卸下货物
回山里去。

城里的马
是悲伤的马啊,
驮了鲜鱼
去很远很远的城镇,
一路挨着骂,
被牵去的马啊。

庙会翌日

昨天,抬神轿的喧闹声,
让我还沉浸在其中。

昨夜听着远方的笛子声,
我做了一个看戏的梦。

醒来喊妈妈的时候,
被大家一齐笑话了。

悄悄出门,看见后山上
一轮被扔下的月亮。

燕子妈妈

倏地飞出去,
绕了一个圈
立刻飞回来。

倏——
去得稍远些
很快又飞回。

倏倏——
飞去小巷里
很快又飞回。

每次飞出去,
每次飞出去,
心里好挂念,

燕子小宝宝
守在窝里呢,
心里好挂念。

七夕的竹枝[①]

小麻雀忘了回家的路,
在海边发现了小竹丛。

那么多五彩的小纸条,
竹丛里在过节吗?好开心啊。

窸窸窣窣钻进竹丛里,
甜甜地睡了,不知不觉,
借住的窝向大海漂去。

海上太阳悄悄地落了,
天上的银河跟昨天一样。

[①] 七夕的竹枝:受中国七夕乞巧习俗的影响,日本也有在七夕祈愿的习俗。人们在各色纸片上写下愿望,挂在一根繁茂的竹枝上,到七夕翌日就将竹枝放进水中任其流走。

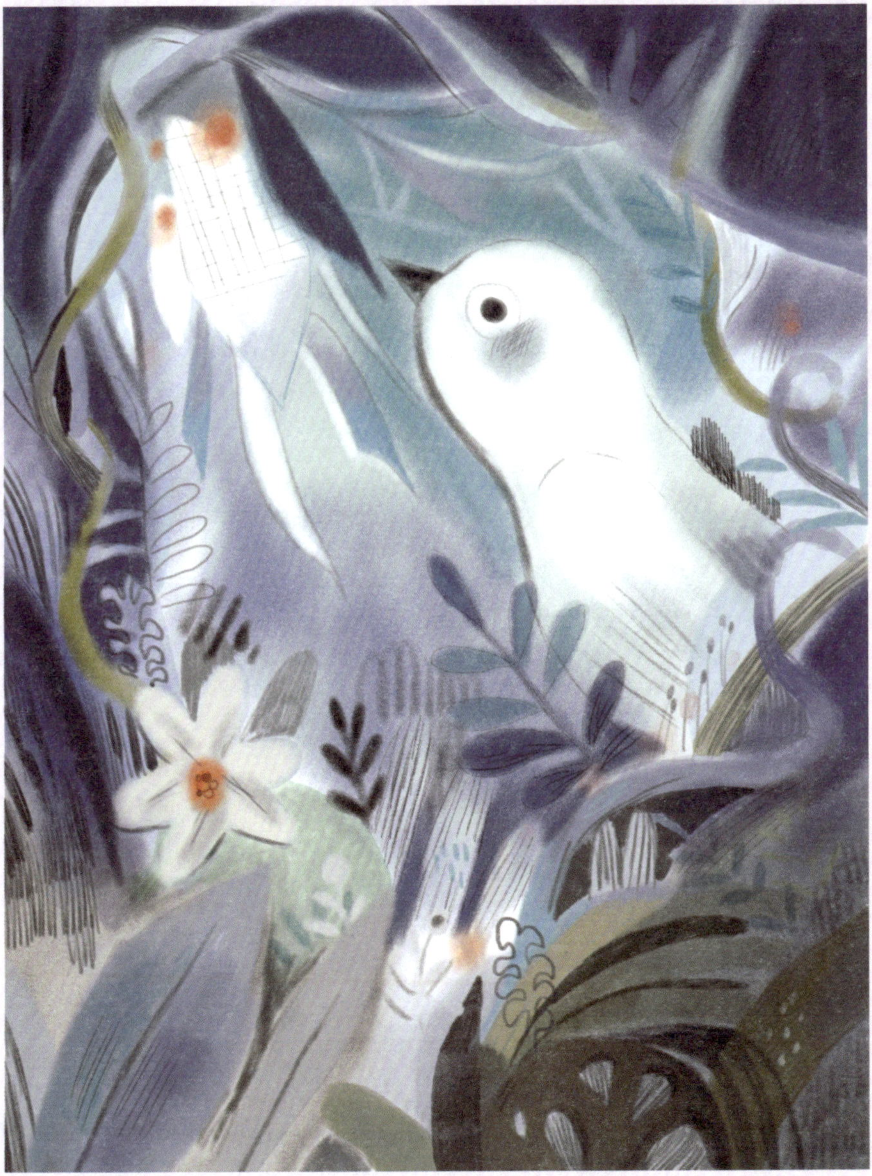

然后到了大天亮,
在大海中央一睁眼,
可怜的小麻雀,会很悲伤吧。

马戏棚

被乐队的声音吸引,
我来到马戏棚前面。

灯光零星亮起,晚饭时分,
妈妈在家等着我吧。

从帐篷的缝隙里隐约看见,
那个马戏班的孩子很像弟弟,
不知为什么,觉得很留恋。

镇上的孩子都急匆匆地
被他们的妈妈领着,走进去了。

我倚着栏杆仔细张望,
虽然想妈妈,却舍不得走开。

广阔天空

总有一天我要去看看，
去看得见广阔天空的地方。

城里看见的是细长的天，
就连银河也夹在屋顶之间。

总有一天要去一趟，
去那大河下游的下游。

去那河流入海的地方，
把一切尽收眼底的地方。

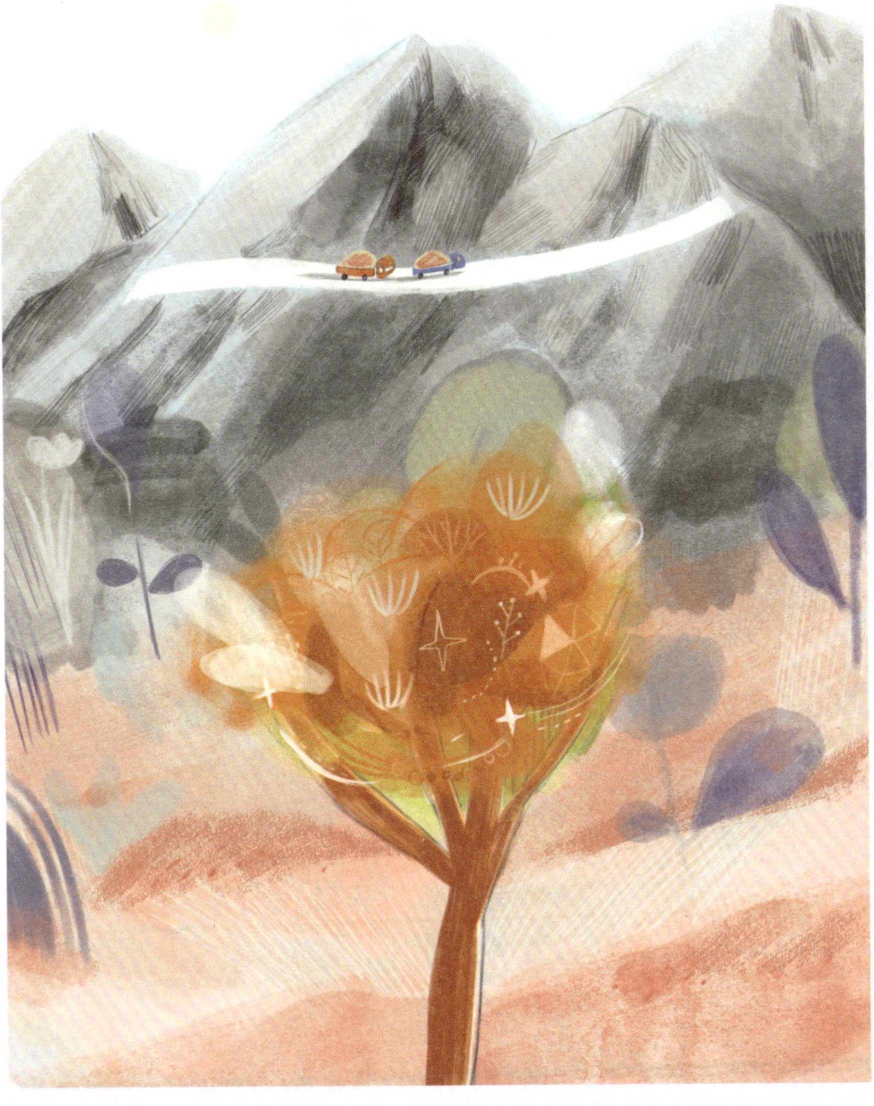

电影里的街道

像电影里那样,
蓝蓝的月亮一出来,
这里变成了
电影里的街道。

屋顶上
黑猫
会不会在?

可怕的
水手
会不会来?

看完电影回家时,
月亮一出来,
街道
就变得不认识了。

海滨的神轿

奔涌啊，波浪，波浪，人潮的波浪，
小船似的神轿就快要翻船了。
嘿吼嘿吼，嘿吼嘿吼。

转眼间，波浪，波浪，人潮的波浪，
哗地退到了邻近的街道。
嘿吼嘿吼，嘿吼嘿吼。

紧跟着，波浪，波浪，拍岸的波浪，
像往常一样，涌到眼前。
哗啦，哗啦，哗啦啦。

七夕时节

风儿吹呀吹过竹丛,
我听见竹叶的细语。

长啊,长啊,依然遥远,
什么时候,才能够着

夜里的星空，还有银河？

风儿吹呀吹过外海，
我听见海浪的叹息。

七夕已经结束了吗？
跟银河也告别了吗？

刚刚经过的是，
挂了五彩纸条的竹枝，
梦醒了冷冷清清。

空宅院的石头

空宅院的石头
不见了。
用来舂鸟胶①
正合适的呀。

石头装在了
马车上。
空宅院的草啊
会很寂寞的呀。

---

① 鸟胶：指旧时儿童把细叶冬青捣碎后利用其黏性捕捉鸟虫的黏子。

越夏节

轻飘飘的
气球,
映着煤气灯的灯光呢。

走马灯旁
行人走过,
冰店的喧声多么寂寥。

白茫茫的
银河,
越夏节①的深夜啊。

转过十字路口,
气球
在星空下多么暗淡。

---

① 越夏节:旧历六月末神社为驱邪祈福而举办的节祭活动。

夏 夜

日暮后
天色依然明亮,
星星吹奏着
口琴曲。

日暮后
街上依然尘土飞扬,
空马车哐啷哐啷
欢快舞蹈。

日暮后
地上依然有光亮,
线香花火
燃尽了,
红色小火球
悄然落下。

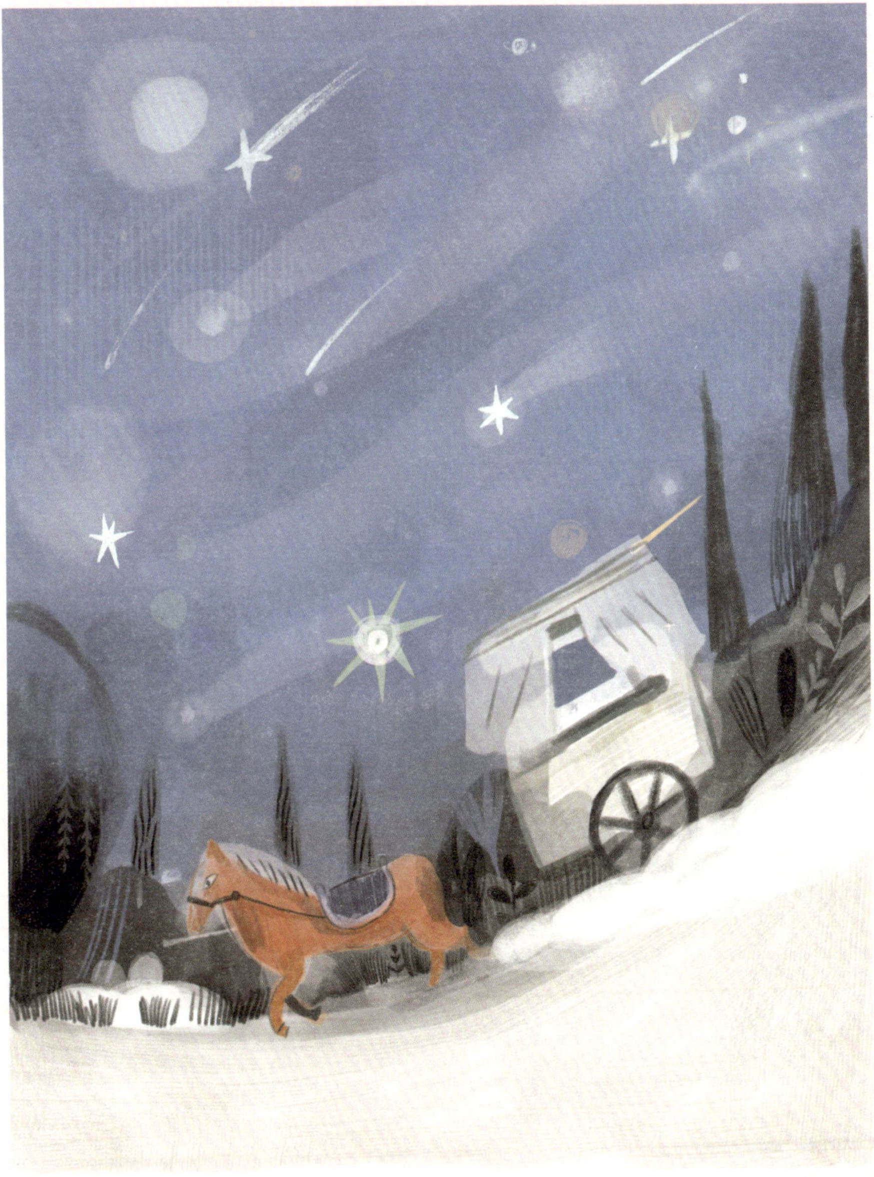

下雨的五谷节

五谷节被哗哗的大雨冲没了,
那天深夜里,
星星稀疏闪现。

无人经过的路上,泥泞里,
映着熄灭的灯笼。

远处的路上,汽车
载着喧嚣的乐声经过,
仿佛向着天空回响。

一颗、两颗、三颗,
天空中星星多了起来。

谁家屋檐下的灯笼,
又熄灭了一盏?

库 房

库房里，有些昏暗。
放在库房里的，
都是属于昨日的东西。

角落里的长条凳，
夏日里，我在上面
点燃过线香花火。

屋梁上插着的那一束
灰扑扑的樱花，
过节时曾插在屋檐下。

放在最里面的，
哦，那是纺车啊，
早已忘记，很久以前，
老祖母曾转动它。

如今，它依然在深夜里纺织
从屋顶泻下的月光吧。
　　虽然坏蛋蜘蛛躲在屋梁后，
　　总是窥视着它，
　　偷来丝线吹口气，
　　变出诅咒的蛛丝。
　　白天睡觉的纺车不知道。

库房里，有些昏暗。
库房里，令人怀想，
过往的一个个日子，
都被蜘蛛网锁住了。

酢浆草

跑上
寺院的台阶。

拜了佛
又跑下来,
不知为什么,
忽然想起——

石缝里的
酢浆草
那红色的
小小叶片。
——仿佛很久以前
　　曾经看见。

石榴叶和蚂蚁

石榴的叶上有蚂蚁。
石榴的叶子好宽敞,
绿绿的,很阴凉,
叶子静静守着。

可是蚂蚁出发了,
要去亲近美丽的花。
去往花朵的路遥远。
叶子默默望着。

终于来到花朵边,
石榴花却凋落了。
落在潮湿的黑土上。
叶子默默望着。

孩子捡起石榴花，
也不知蚂蚁在花里，
他拿着花朵跑远了。
叶子默默望着。

波桥立

波桥立①是个好地方,
右边的内湖,鸊鷉潜水,
左边的外海,白帆经过,
里面的松原,是小松原,
唰啦唰啦风吹过。
　　海鸥
　　跟内湖里的
　　野鸭玩耍。
　　晚上,
　　蓝蓝的月亮升起,
　　村人就在海边
　　拾贝壳。

---

① 波桥立:与花津铺、辩天岛、王子山、小松原、极乐寺、大泊港和祇园社并称为仙崎八景。是一道天然长堤,位于与仙崎隔海相望的青海岛。

波桥立,好地方,
右边的内湖,水波连绵,
左边的外海,波涛翻滚,
中间的石滩,是小石滩,
咯噔咯噔走过去。

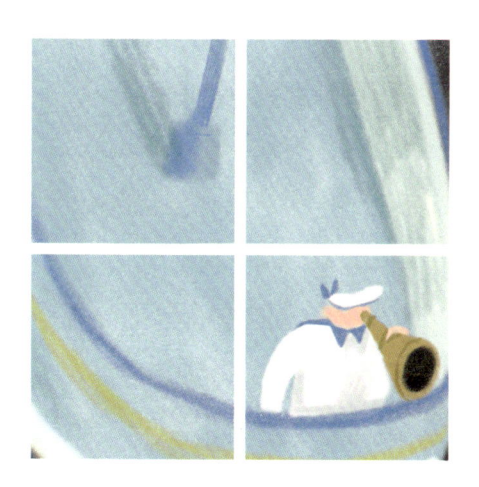

大泊港[1]

从山里庙会回来的路上，
告别了送我们的伯母。
走下山岭时，
杉树枝间
美丽的大海闪闪发亮。

海上有桅杆，停泊的船，
岸边几座草屋顶，
仿佛都浮在空中，
又好像身在梦里。

走下山岭是荞麦地，
在田地尽头看见的，
果然是大泊，
那古老寂静的渔港。

---

[1] 大泊港：仙崎八景之一。位于青海岛南端。

喷泉的石龟

神社的水池里,
喷泉
不再喷水了。

不再喷水的小石龟
仰望天空,
像是很寂寞。

水池混浊的水面上,
落叶
悄悄散落。

初 秋

清凉的晚风吹来。

如果在乡下,这时的我
遥望着海上的晚霞,
牵着黑牛正要回家。

穿过水蓝色的天空,
成群的乌鸦也正要归巢。

田地里的茄子摘了吗?
水稻的花儿也开了吧?

冷冷清清的这座城市啊,
只有房屋、灰尘和天空。

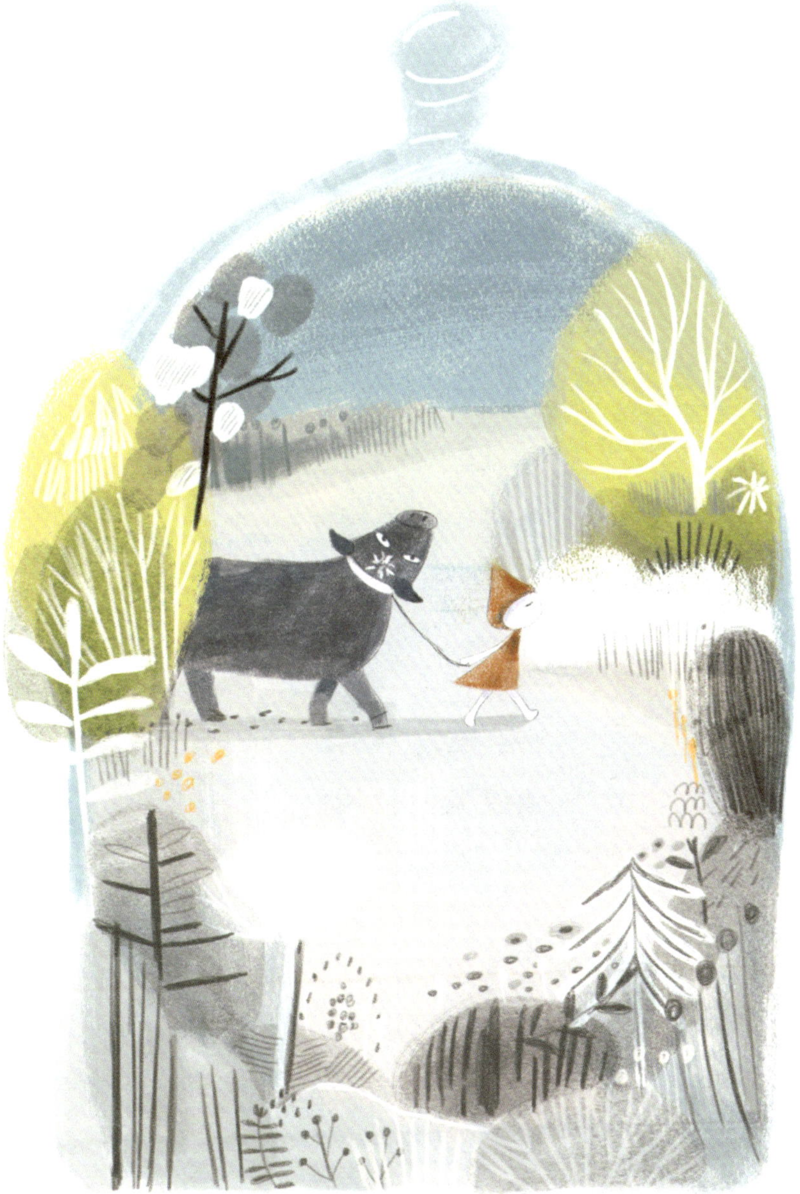

小小的墓碑

小小的墓碑，
圆圆的墓碑，
那是爷爷的墓碑。

百日红①的花儿，
开成了发簪那样。
那是去年的事了。

今天过来一看，
新的墓碑
白晃晃地立着。

以前的墓碑，
去哪里了？
送给石材店了。

---

① 百日红：即紫薇。别名挠痒痒树。

今天也有花，
百日红的花儿，
散落在墓碑上。

老 鹰

老鹰慢悠悠地
画了个圆圈。
在那圆圈正中间
它寻找了吗?

若是在海里,沙丁鱼得有十万条吧。
若是陆地上,大概就一只小老鼠吧。

老鹰慢悠悠地
画了个圆圈。
朝那圆圈正中间
抬头仰望,

浮着一轮,白天的
月亮。

知更鸟的都市

树林里的知更鸟啊,
林中只有树叶沙沙响。

到都市来看看怎么样?
夜晚灯火像花儿一样,
还有电影可以看。

都市来的小姐姐,
我的都市怎么样?

树屋多得数不清,
夜晚星星像花儿开放,
还有落叶的舞蹈可以看。

果实和孩子

落下的果实被捡起。
被染坊没娘的孩子捡起。

染坊没娘的孩子挨骂了,
傍晚回家挨骂了。

捡起的果实被扔了,
扔在了染坊后门外。

被扔掉的果实发了芽,
染坊没娘的孩子不知道。

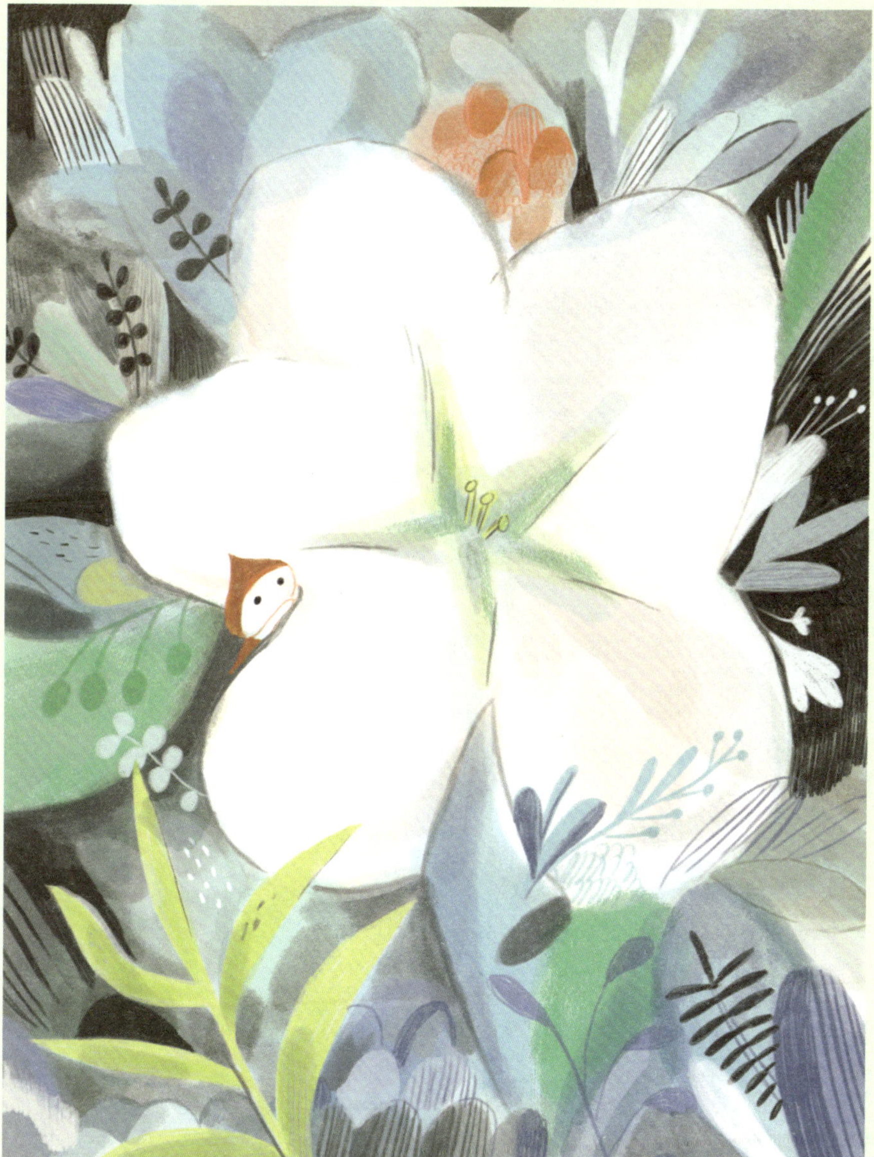

陀螺果

又红又小的陀螺果①啊,
又甜又涩的陀螺果啊。

在手掌上把陀螺果
转一个吃一个,
吃完了再去寻找。

荒山上,只有我一人,
那红红的果子数不清,
从野蔷薇丛下露出来。

荒山上,只有我一人,
转着陀螺果,阳光也浓烈了。

---

① 陀螺果:即野蔷薇的果实。

风　球

映着晚霞，
风球①多么红啊。
在风球下面，
小牛正玩耍呢。

不知从何时起，
它一直挂在那儿。
已经没有人
去谈论它了。

衬着晚霞，
风球多么红啊。
在告知我们　不知何时，
不知何时会来的风暴呢。

---

① 风球：旧时用来预告暴风雨等恶劣天气的气象标志。

山里的枇杷

山里的枇杷,
树上摘果的陌生人,
给正翻越山岭的我们
扔来带果实的枝条。
　　那熟透了的
　　黄色枇杷果——

山里的枇杷,
如今全是树叶,树上没有人,
岭上山路的秋风中
我走下山去。
　　拖着长长的
　　孤单的影子——

文字烧

文字烧①烤出的香气啊,
雨落下,
纷纷的细雨落下。

粗点心铺里太昏暗,
隐约看见,
红红的烟头在闪烁。

五六个人在路口,
能听见
他们互道再见的声音。

文字烧烤出的香气啊,
雨落下,
纷纷的细雨落下。

---

① 文字烧：一种用小麦粉烤制的粗点心。

落叶卡片

落在山路上的卡片
是什么牌呀?
金色和红色的落叶牌,
上面是虫子咬出的字迹。

落在山路上的卡片
谁来读它?
黑色小鸟翘着黑尾巴,
啾啾、啾啾叫着呢。

落在山路上的卡片
谁来捡它?
说不定会有山风来,
嗖的一下子刮走它。

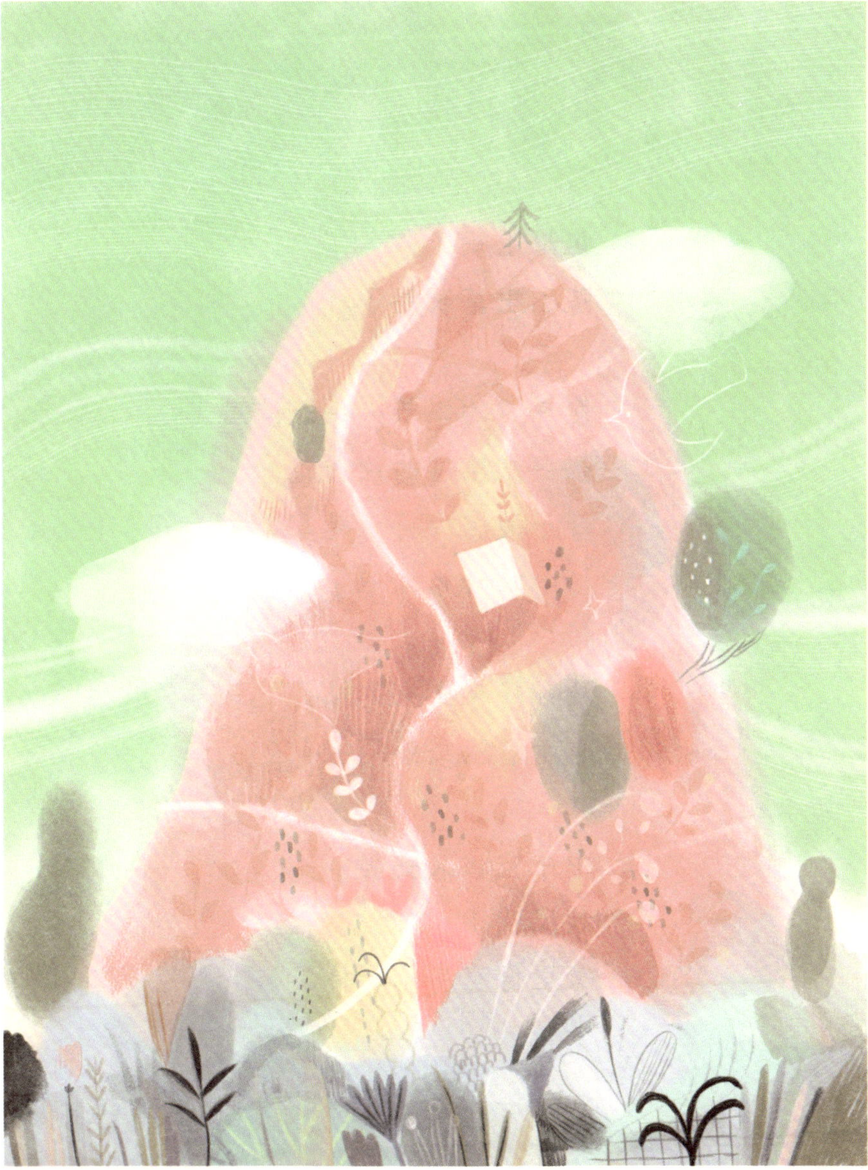

祖母的病

祖母生病了,
院子里草长高了。

在开花的季节,每天清晨
都剪来供佛的玫瑰花,
叶子被虫咬得全是洞。
松叶牡丹也枯死了。

从邻居家走来的鸡,
也歪着脑袋纳闷呢。

中午空旷又安静,
秋风吹拂,
家里像空房子一样。

卡 片

暖桌上
堆着橘子。
外婆啊,眼镜
一闪、一闪闪亮着呢。

榻榻米上,
扔着卡片,
小脑袋在一起,
一个、两个、三个呢。

窗玻璃外面,
宁静的黑夜,
冰雹不时地,
啪啦、啪啦啪啪落呢。

细 雪

纷纷落下
细雪纷纷
白皑皑。

纷纷落在
小松树上,
染成绿色吧。

出航船归港船

归港船,三艘船,
载着什么进了港。

参宿三星①,三颗星
被三角船帆挡住啦。

出航船,三艘船,
载着什么出了港。

红色灯火,一盏盏,
被黑色船帆挡住啦。

---

① 参宿三星:即猎户座中部三颗并列的明星。是冬季的星空中最显眼的星宿。

白天的电灯

孩子不在时,
他的房间里
电灯孤零零的,
多寂寞啊。

屋外是清亮的
打球的声响,
窗户上明晃晃的
阳光照着。

苍蝇静静地
停在那儿,
白天的电灯
多寂寞啊。

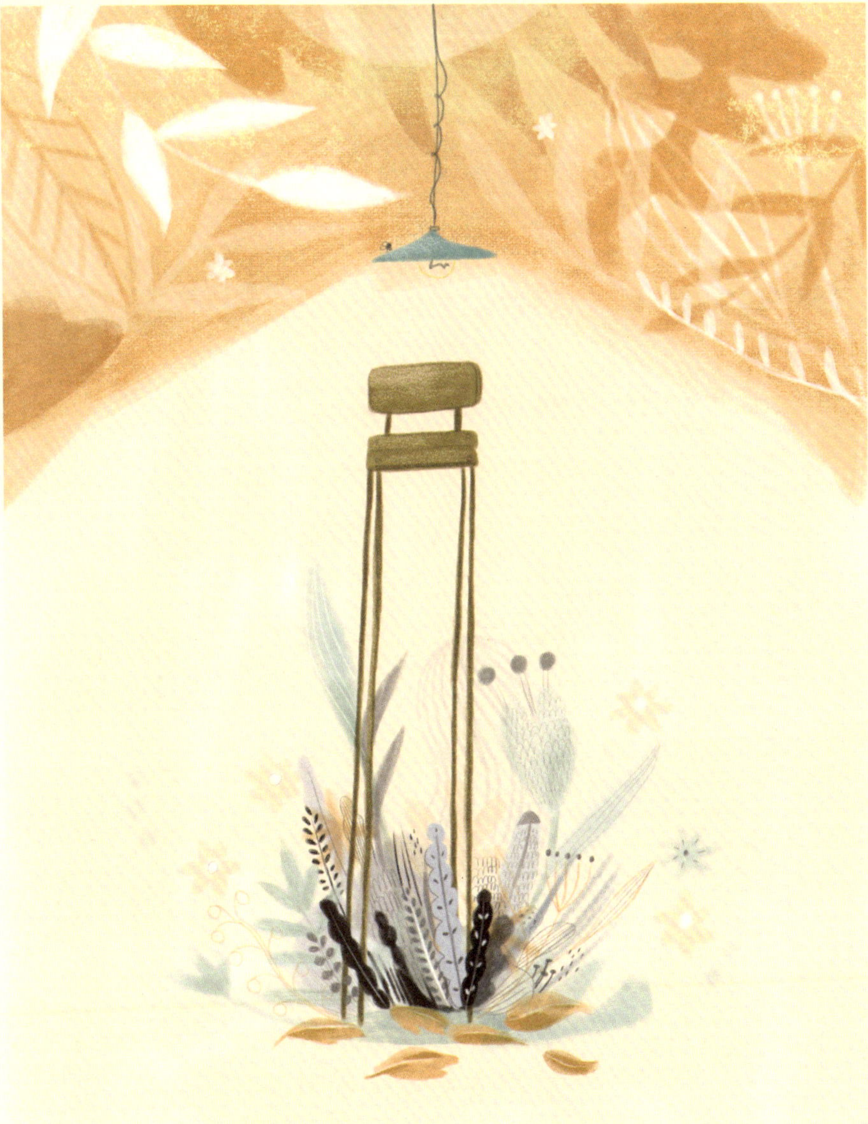

店里发生的事

霰雪啪啦啦,
从便门飘进来。
客人和霰雪,
相伴着进了门。
　　(晚上好!)
　　(哦,欢迎光临!)

八音时钟嘀嗒嘀嗒,
在客人手里奏响。
夹杂着霰雪的声音,
一起把歌儿欢唱。
　　(再见啦!)
　　(哦,谢谢啦!)

八音时钟嘀嗒嘀嗒,
不停鸣响着出了门。
听着声音渐渐消失,

一回神发现,

霰雪早已停了。

捕　鲸[①]

大海轰鸣的夜里，
寒冬的夜里，
烤着栗子
听到的故事。

很久、很久以前捕鲸，
就在这海上的紫津浦。

海上波涛汹涌，时逢冬季，
雪花在风中狂舞，
鱼叉绳索交错在雪里。

岩壁和石头都成了紫色，
连水也总是紫的，

[①] 捕鲸：在金子美铃的故乡仙崎附近的海湾紫津浦，曾经有过捕杀鲸鱼的历史。

海岸也染上朱红。

身披厚厚棉袍,
站在船头观望,
趁鲸鱼没了力气,
立刻脱掉衣服裸着身体,
跳进翻腾的海浪里,
那是很久、很久以前的渔夫们——
倾听着叙说,
心潮也跟着起伏不定。

如今鲸鱼已不再来,
渔港也不再富裕。

冬季的夜里,
故事听完,
才发觉——
大海在轰鸣。

冬天的星

霜夜的
街上,
姐姐
望着天空说。
——静悄悄
　冷清地
　　再见吧。

霜夜的
天空,
星星,
最蓝的星星。
——就好像
　是对你
　　说的啊。

拾木屑

朝鲜小孩儿,他在摘什么?
是紫云英开了,还是艾蒿绿了?
　　不不,草都枯萎了。

朝鲜小孩儿,他在唱什么?
是朝鲜人的歌谣吗?
　　不不,是日本的儿歌。

朝鲜小孩儿,他高高兴兴地,
拾起地上的碎木屑。
　　在木材厂后面的空地上。

拾起碎木屑,扎成一捆,
顶在头上带回家。
　　在狭窄的小屋里,跟妈妈一起,
　　点燃红红温暖的火,
　　为了等爸爸回家。

邮局的山茶花

我想念
开着红山茶的邮局。

我想念
看云时倚靠的黑色大门。

我想念
那一天我捡起红山茶
放进白围裙时,
邮递员对我笑的那天。

红山茶树砍倒了,
黑色大门拆掉了。

散发着油漆味的
新邮局建好了。

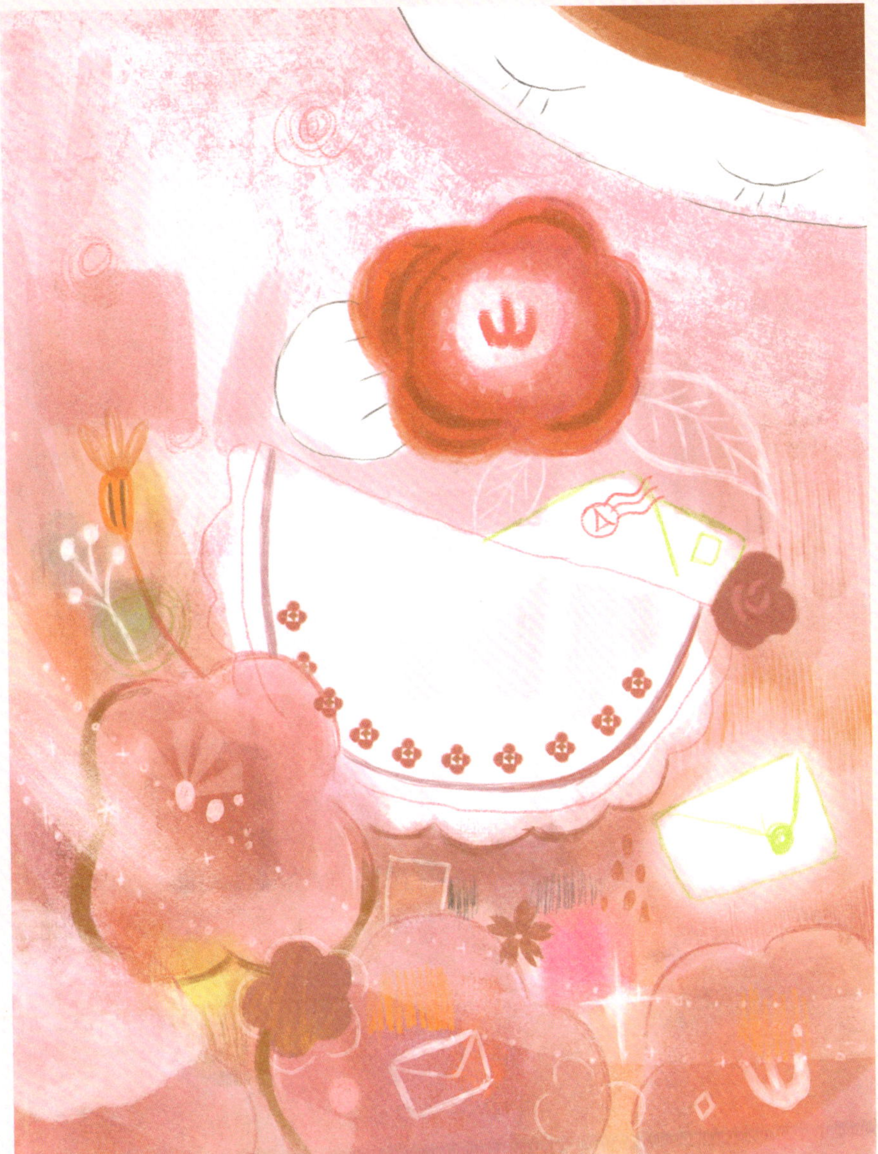

除夕和元旦

哥哥去收款了，
妈妈在装饰房间，
我在准备过年礼品。
全城的人都急急忙忙，
全城都沐浴着阳光，
全城到处都有光亮。

浅蓝色的天空中，
老鹰静静地画着圆圈。

哥哥穿上有家纹①的礼服，
妈妈也穿着做客的衣裳，
我也穿好了过节的和服。

---

① 家纹：代表家族的徽章形图案，多用染印或刺绣等方式装饰于礼服的后背、肩、袖等处。

全城的人都在玩耍,
全城到处立着松枝,
全城到处下着霰雪。

浅墨色的天空中,
老鹰大大地画着圆圈。

织 布

从一早
哐嘟嘟织布,
山里的姑娘
心想的事。

我织的布
不知不觉
会变成
城里人穿的那种
友禅花样①吗?

每当她
哐嘟嘟织布
织出的却是
长长的条纹棉布。

---

① 友禅花样:又叫友禅染,源于京都的高级和服衣料。采用独特的印染工艺,花样精美华丽。

乡　村

我多么想看啊!

小小柑橘在柑橘树上,
长成熟透的金黄色。

还有,没长大的无花果,
紧贴着树干的样子。

还有,风吹过麦穗,
云雀的歌唱。

我多么想去啊!

云雀唱歌应该是在春天，
那么柑橘树会在什么时候
开出什么样的花儿呢？

只在画中见过的乡村，
画里没有的事物，一定
还有好多好多吧。

和 尚

那是在微波荡漾的,
入海口岸边的路上。

那个拉着我的小手的
陌生的云游和尚。

不知为什么,近来我总是想,
"那会不会是爸爸呢?"

然而那是很久以前,
再也回不去的从前。

啪啦啪啦,螃蟹乱爬,
入海口岸边的路上。

凝望着我的,
是蒲公英色的月亮。

海的颜色

早上是银光闪闪银色的海,
银色把一切衬托得发黑了。
汽艇的颜色,船帆的颜色,
银色的缝隙也都是黑的。

白天是悠悠荡荡蓝色的海,
蓝色让一切保持原样。
漂浮的稻草屑、碎竹片,
还有香蕉皮,都是原样的。

晚上是安安静静黑色的海,
黑色把一切覆盖了。
船儿在那儿,还是不在呢?
只有红红的灯影亮着。

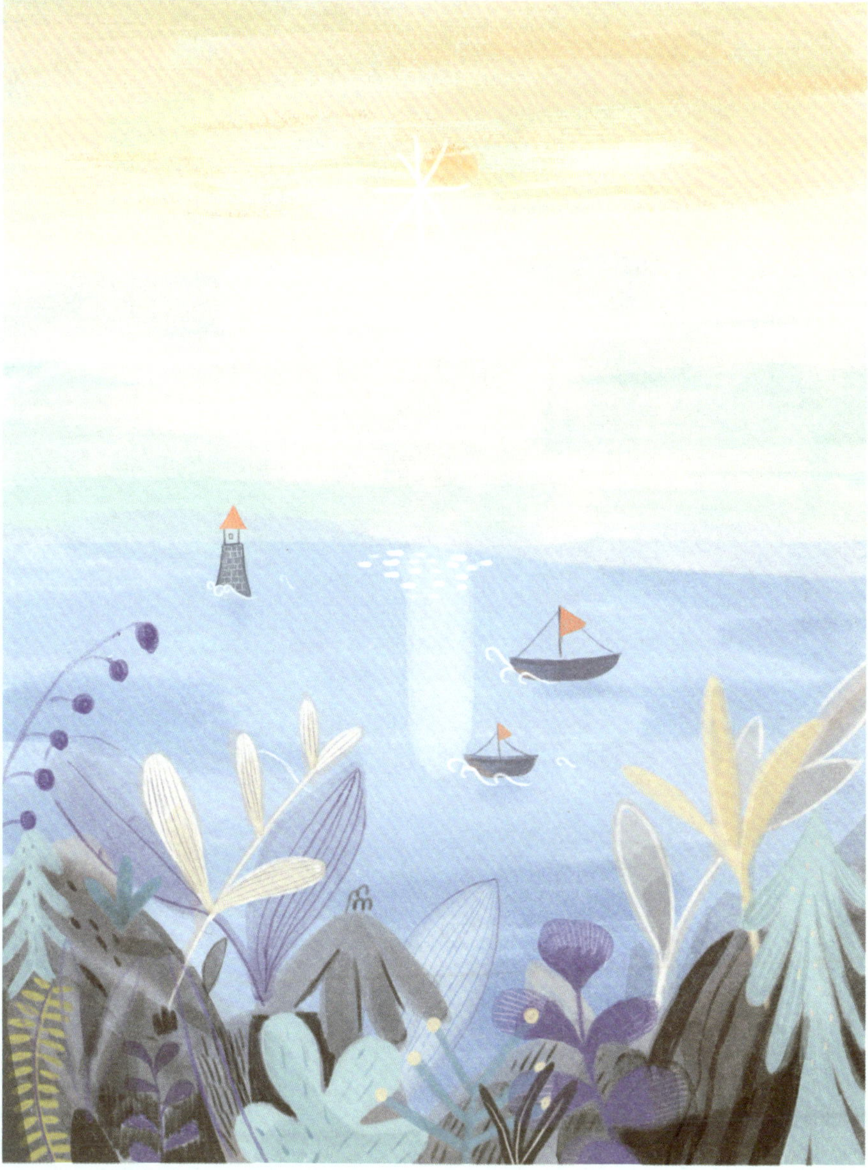

大提篮

提篮，提篮，
大提篮。
来到广阔田野，要往篮子里
摘满满的艾蒿，
每个孩子，每个孩子，都是城里的孩子。

可是啊，哪个孩子都不知道，
田野的艾蒿，全都是
乡下的人们摘了来
要拿到城里去卖的啊。

　　到了三月三，浅浅早春天，
　　艾蒿刚长了一点芽儿，
　　摘掉就会枯萎啊，
　　摘掉就会枯萎啊。

提篮，提篮，

大提篮。

每个孩子，每个孩子，都很开心呢。

街　镇

经过，经过，
从春日的街道，
经过，经过，
纵贯而过。

送货马车，手推车，
轿车，自行车。
经过，经过，
从明晃晃的路上，
经过，经过，
横穿而过。

要饭的孩子
和烟雾的影子。

广告塔

再见了,
再见了——

火车的红色尾灯,
消失在远处黑暗之中。

不再追寻,
转身回望
美好春夜里,华丽的
城市天空。

广告塔的红色灯光,
转瞬间变成了绿色。

小男孩和小女孩

红传单撒下,
蓝传单撒下,
撒在春日小镇。

小女孩儿,
捡起红传单,
折成衣服,
给小石头穿上,
"宝宝睡吧快睡吧!"
她唱起了摇篮曲。

小男孩儿,
捡起蓝传单,
他拿着蓝传单,
一溜烟跑回家,
"电报!电报!"
他用尽全力喊道。

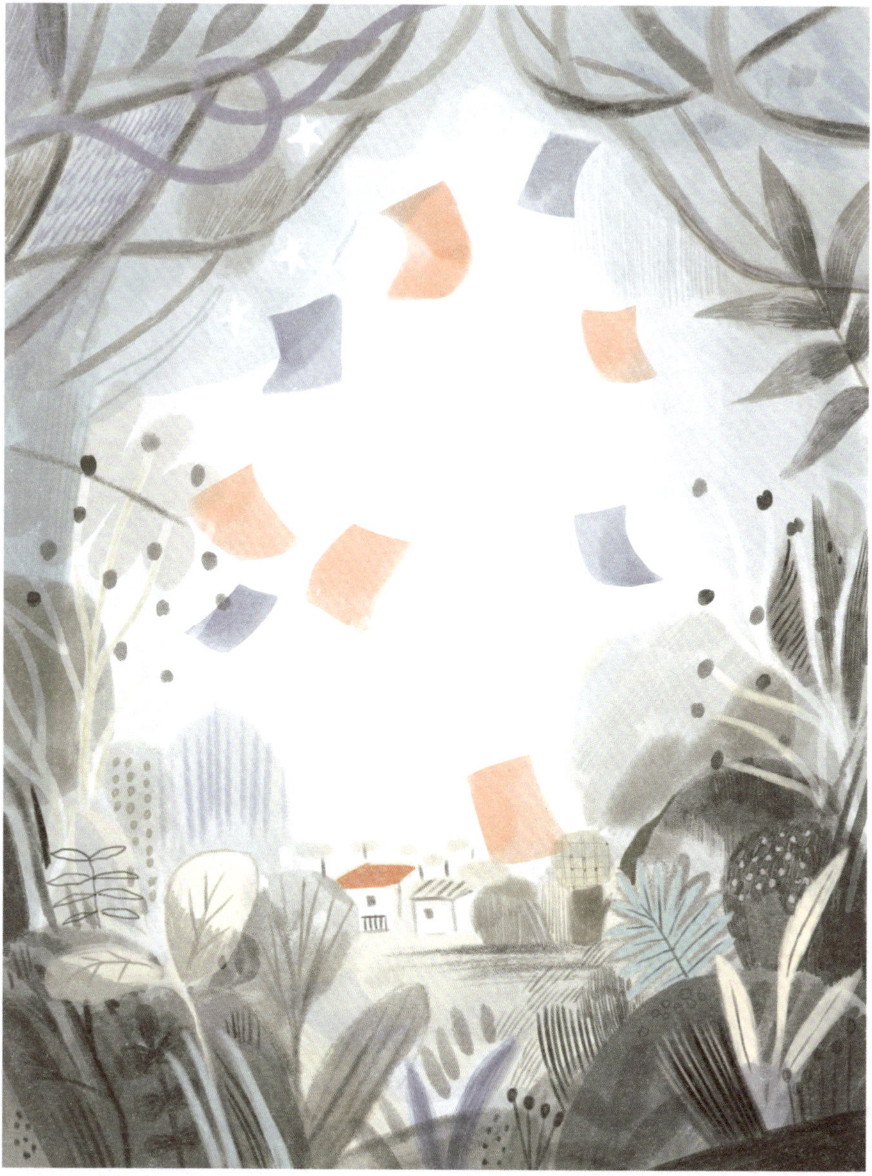

小松原

小松原①,
松树越来越少。

总看见那伐木工爷爷,
锯着巨大的木材。

推锯,拉锯,每当这时,
白帆时隐时现,
海鸥飞舞,在波涛上,
云雀啼鸣,在天空中。

大海和空中已是春天,
松树和伐木工却那么孤单。

---

① 小松原:仙崎八景之一。位于仙崎靠近油谷湾一侧。与青海岛隔海相望。

到处建起了
新房子。
小松原，
松树越来越少。

酸模草

酸模草,酸模草
在豆田的田埂上,
找到啦。

遥远的故乡,时光啊,
早已忘记的,滋味啊。

　　这里是大城市后面,
　　隔着一座山的梯田,
　　噗噗鸣响的是汽船的汽笛,
　　轰隆回响的,是什么声音?

酸模草,酸模草
当我细细咀嚼,
遥望天空时,
叫不出名字的候鸟,
成群结队,渐渐飞远了。

卷末手记[1]

——完成了，
　完成了，
　　可爱的诗集完成了。

吾虽犹自叮咛，
心中却无欢欣，
寂寥深深。

夏日暮
秋已深，
针线余暇随手记，
徒有虚空心绪。

---

[1] 卷末手记：是金子美铃附在亲笔誊写的童谣诗集末尾的一首文言诗。除开头三行引言之外，全诗采用古雅的文言，抒发从此无法尽情创作的寂寥心情。

未盼谁人知,
终究意不足,
寂寥深深。

(呜呼,终于,
未能登顶而还,
山之雄姿
消逝云间。)

即便如此,
明知徒劳无益,
却在秋灯将尽时,
只管信笔
一路写来。

自明日起,
缘何下笔?
寂寥深深。

图书在版编目（CIP）数据

月亮的歌谣/(日)金子美铃著;吴菲译. —杭州：
浙江少年儿童出版社，2021.11（2022.4重印）
（金子美铃童诗经典）
ISBN 978-7-5597-2629-2

Ⅰ.①月… Ⅱ.①金… ②吴… Ⅲ.①儿童诗歌－诗集－日本－现代 Ⅳ.①I313.82

中国版本图书馆CIP数据核字(2021)第208696号

责任编辑	陈小霞　王　卉
美术编辑	赵　琳
封面绘图	田　宇
内文绘图	吴芳莉
责任校对	苏足其
责任印制	王　振

金子美铃童诗经典
月亮的歌谣
YUELIANG DE GEYAO

［日］金子美铃 著　吴菲 译

浙江少年儿童出版社出版发行
（杭州市天目山路40号）
浙江超能印业有限公司印刷　全国各地新华书店经销
开本 850mm×1300mm　1/32　印张 5.125
2021年11月第1版　2022年4月第2次印刷

ISBN 978-7-5597-2629-2　　　定价：35.00元

（如有印装质量问题，影响阅读，请与购买书店或承印厂联系调换。）
承印厂联系电话：0573-84461338